動物裁判

―節子の絵物語―

作・絵　節子・クロソフスカ・ド・ローラ

静山社

仙《せん》は、小学校の夏休みには、お父さまとお母さまといっしょにスイスに住んでいるおばあさまの家で過《す》ごします。山々と牧草地《ぼくそうち》にかこまれ、「グラン・シャレ」と呼《よ》ばれている古い木造《もくぞう》の大きな家です。

グラン・シャレにいる二匹《ひき》の犬は仙《せん》のなかよし。大きい犬はズードル、小さい犬はバルビデュルという名で、仙《せん》の行くところはどこにでもついてきます。

ある暑い日の午後、仙《せん》は二匹《ひき》の犬と庭でボール遊びをしていました。しばらくすると、あまりの暑さに、ズードルもバルビデュルも、仙《せん》の投げるボールを追いかけるのをやめ、プラタナスの大きな木《こ》かげの下で気持ちよさそうにお昼《ひる》寝《ね》をはじめました。そばには、あまいかおりのする真っ赤なバラの花がさいていて、バラの真ん中に玉虫がとまっていました。

ギラギラ光る日に照《て》らされて、玉虫の色がむらさき、青、みどりに変《か》わるのを仙《せん》はじっとながめていました。急にすずしい風がさっとふいてきて、汗《あせ》ばん

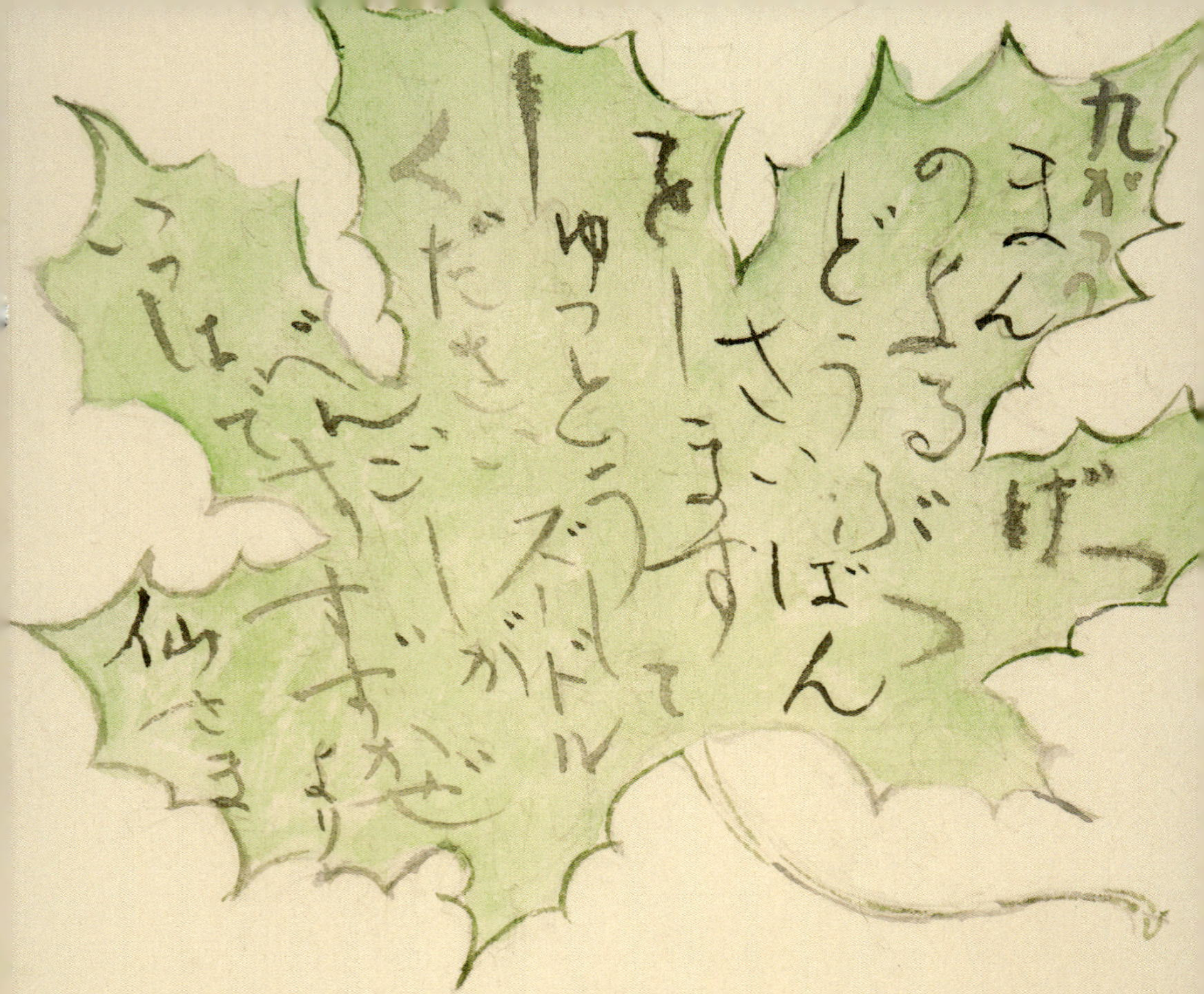

だ仙《せん》のほほをなでました。

「ああ、いい気持ち」

仙《せん》がつぶやきながら顔をあげると、青々《あおあお》としげっているプラタナスの葉の一枚《まい》だけが、くるくる舞《ま》いおりてくるのです。

手をのばすと、すいこまれるように仙《せん》の手のなかに入ってきました。

葉っぱには文字が書いてありました。

九がつのまんげつのよる
どうぶつさいばんをします
しゅっとうしてください
ズードルべんごしがいっしょです
すずかぜより
仙《せん》さま

とても読みにくい書き方でしたが、何回か読みなおしてようやく意味がわかってきました。

「すず風さんなのか」

仙《せん》はあたりを見回しましたけれど、もう風はやんでいて、雲ひとつない青空に熱《あつ》い太陽が前と同じように照《て》っているだけでした。むずかしい言葉も書いてあるのでみんなに聞いてみようと、仙《せん》はいちもくさんに家に走っていきました。

家の中では、みんながそろってお茶を飲んでいました。

「この葉書、風のたよりなんだ！　読んでよ」

仙《せん》は息をハァハァさせながら、お母さまにわたしました。お父さま、おばあさまも葉書のほうに顔を近づけました。

「まあ、なんて書いてあるの」

お母さまは首をかしげてけげんな顔。仙《せん》が葉書を手にとると、文字は消えていました。

「あれ！　おかしいな。ちゃんと〝仙《せん》さま〟と書いてあったのを見たんだよ……」

仙《せん》は葉書をひっくりかえしたり、さかさまにしたり、すかしてみたり。でも、何度見てもただの葉っぱでした。

「どうしちゃったんだろう……」

「文字がまた見えるようになるかもしれないわ。そのとき見せてね」とお母さまがなぐさめました。

きつねにつままれたような不思議《ふしぎ》な気持ちのまま、仙《せん》はその葉っぱを、そっと自分の机《つくえ》のひきだしにしまいました。夏休みが終わり、仙《せん》は両親とパリに帰っていきました。

秋になって、仙《せん》はまたおばあさまの家に遊びにきました。ある夜、仙《せん》はぐっすり眠《ねむ》っていました。すると、だれかが仙《せん》を起こすのです。

「仙《せん》さん、仙《せん》さん、今日は九月の満月《まんげつ》の夜です。動物裁判《どうぶつさいばん》の日ですよ」

大きく体をゆり動かされた仙《せん》は、うっすら目をあけました。うす暗い部屋《へや》の中、真っ黒な長い服をきた、白いまき毛姿《すがた》のシルエットが、月の光に浮《う》かび上

がっています。

「だれですか」と、仙《せん》はたずねたくはあるのですが、気味《きみ》が悪くてふとんから出られず、おそるおそるその異様《いよう》な姿《すがた》をながめるばかりです。

そのとき、「わたくしはズードルですよ」と、やさしい声がしました。

「ズードル！」思わず仙《せん》はさけびました。

「わたくしは、今日はあなたを守る弁護士《べんごし》なのです。裁判《さいばん》がはじまったらわたくしのことを、先生とよんでくださいね」

仙《せん》はだまったままうなずいて、たいへんえらそうにりっぱに見えるズードルを頭から足の先までまじまじとながめました。

「早くしたくをしてください。ペガサスが門のところでもう待っていますよ。いっしょに乗って、裁判所《さいばんしょ》まで行きましょう」

仙《せん》はぱっといきおいよくふとんをはねのけ、「ペガサス？　ぼく、本当にペガサスに乗れるの？」とさけびました。

ズードル弁護士《べんごし》は、にっこりとうなずきました。

「空を飛《と》んでいくのです。寒いところを通りますから、あたたかい上衣《うわぎ》を着《き》て長ぐつをはいてください。それから葉書もおわすれなく」

仙《せん》は葉書のことなどすっかりわすれていました。机《つくえ》のひきだしに入れておいたことをようやく思い出し、いそいでまるまっている葉っぱをとり出しました。葉っぱをひろげると、またちゃんと文字が書いてあります。

ペガサスに乗れると思うと天にものぼるほどうれしくて、仙《せん》はすぐに着がえて葉書をポケットにしまいました。

玄関《げんかん》を走り出ると、白いペガサスの姿《すがた》が見えました。仙《せん》の胸《むね》はドキドキしていました。ペガサスはすぐにも飛《と》びたとうとするかのように、ばさばさと羽を動かし、前脚《まえあし》で力強く地面をけっています。たてがみを波打《なみう》たせ、鼻息もあら

く、もう待ちきれないようすです。

「さあ、空を飛《と》ぶのですから、わたくしたちの足と手にも羽をつける必要《ひつよう》があります。鳥の羽のように手足を上下に動かすと、体が浮《う》いて飛《と》べますよ」

ズードル弁護士《べんごし》は仙《せん》の手足に羽をとりつけました。

「わたくしが前に乗ります。仙《せん》さんは後ろに乗ってください。しっかりわたくしにつかまっているのですよ」

仙《せん》がペガサスに乗ったとたん、ペガサスはいきおいよく空にむかって飛《と》び上がりました。あっという間にグラン・シャレの屋根は見えなくなり、まわりをかこむ山々も遠くに小さくなっていきました。箱庭《はこにわ》のような夜景《やけい》が次々《つぎつぎ》と変化《へんか》するのをながめながら、仙《せん》は幸せに胸《むね》をふくらませました。

青い世界のなかを、どんどんのぼっていくと、月の光のかがやきはますます

まぶしくなってきました。しばらくすると大きな雲が見えてきました。

「これから雨雲のなかに入ります。ゆれるのでしっかりつかまってください」

声がすると同時に、高い階段《かいだん》につまずいたようにガタンとペガサスの体がゆれ、ズードル弁護士《べんごし》のまき毛のかつらがずり落ちました。

「ああっ」

手をのばしてかつらをつかんだ瞬間《しゅんかん》、仙《せん》の体はぐらりとかたむき、馬の背《せ》から落ちてしまいました。

仙《せん》は右手にかつらをにぎったまま、まっさかさまに落ちていきます。とっさにズードルのいったことを思い出し、手足をバタバタさせてみました。

すると、体が浮《う》くのです。ズードル弁護士《べんごし》のいうとおり、本当に飛《と》んでいるのです。

「ぼく、助かったんだ！　ズードル——……、ズードル先生どこ——。ペガサ

スー――」仙《せん》は声をかぎりに呼《よ》びました。

仙《せん》のさけび声は、しんと静《しず》まりかえった果《は》てしない空間にのみこまれて、あとにはバタバタと動かす手足の羽音《はおと》がむなしくひびくばかり……。広い世界にたった一人となった仙《せん》は、どうしようもないさびしさに胸《むね》がしめつけられました。声はかれて出なくなり、これ以上《いじょう》、手足を動かすこともできないかもしれません……。

最後《さいご》の力をふりしぼってすこし上のほうへ飛《と》んでみると、ペガサスが遠くのほうから飛《と》んでくる姿《すがた》が見えました。ペガサスはあっという間にそばにやってきて、仙《せん》の下にぴたりと止まりました。仙《せん》はそのままペガサスにまたがり、うれしさのあまり言葉もなく、ズードルをぎゅっとだきしめました。

「よかった、よかった。途中《とちゅう》にたくさん雲があって、仙《せん》さんの姿《すがた》がよく見えなかったのです。来るのがおそくなってすみません。このかつらがないと、裁判《さいばん》に出られないのです。ひろってくださって本当にありがとう」

そういって、ズードル弁護士《べんごし》はおもむろにかつらをかぶり直しました。それからしばらくの間、二人は雲のなかを飛《と》びつづけました。

「もう裁判所《さいばんしょ》の近くです。手をゆるめないでしっかりつかまってください」

この言葉を合図に、ペガサスは速度《そくど》をかえ、ゆっくりと降《お》りはじめました。

高くそびえる山々にかこまれた広大《こうだい》な平野《へいや》が、ずっと下のほうに広がっています。ペガサスは大きな穴《あな》がぽっかりと真ん中にあいている岩山に近づき、岩山の片側《かたがわ》のがけの上に着陸《ちゃくりく》しました。

仙《せん》が高いがけの上からのぞくと、はるか下のほうから急流の水音が聞こえてきました。

「あそこが裁判所《さいばんしょ》ですよ」

ズードル弁護士《べんごし》が、岩山のくぼんだところを指さしました。

入り口の両側《りょうがわ》には、ワニの番兵《ばんぺい》たちがギョロリとした目を光らせて立っていました。二人が入り口に近づくと、番兵《ばんぺい》の一人は刀に手をかけ、もう一人はさっと右手を上げて、行く手をさえぎりました。

「葉書を見せてください」

パックリとあけた大きな口から、たくさんのとがった歯がキラリと光るのが見えました。仙《せん》はぎくりとしながら、すこしふるえる手で葉書を見せました。

すると、番兵《ばんぺい》たちはすっかりていねいな態度《たいど》に変《か》わり、「仙《せん》さま、どうぞこちらへ」と戸の前まで案内《あんない》しました。

「開門《かいもん》」太くきびしい声で番兵《ばんぺい》がさけぶと、岩戸のくさびにまきついていた大へびがくるくるととぐろをほどき、ギィーと重《おも》そうな音をたてて石のとびらが開《ひら》きました。中にはうす暗い通路《つうろ》が見えました。

「ズードル先生、ぼくこわい」仙《せん》は思わずあとずさりしました。

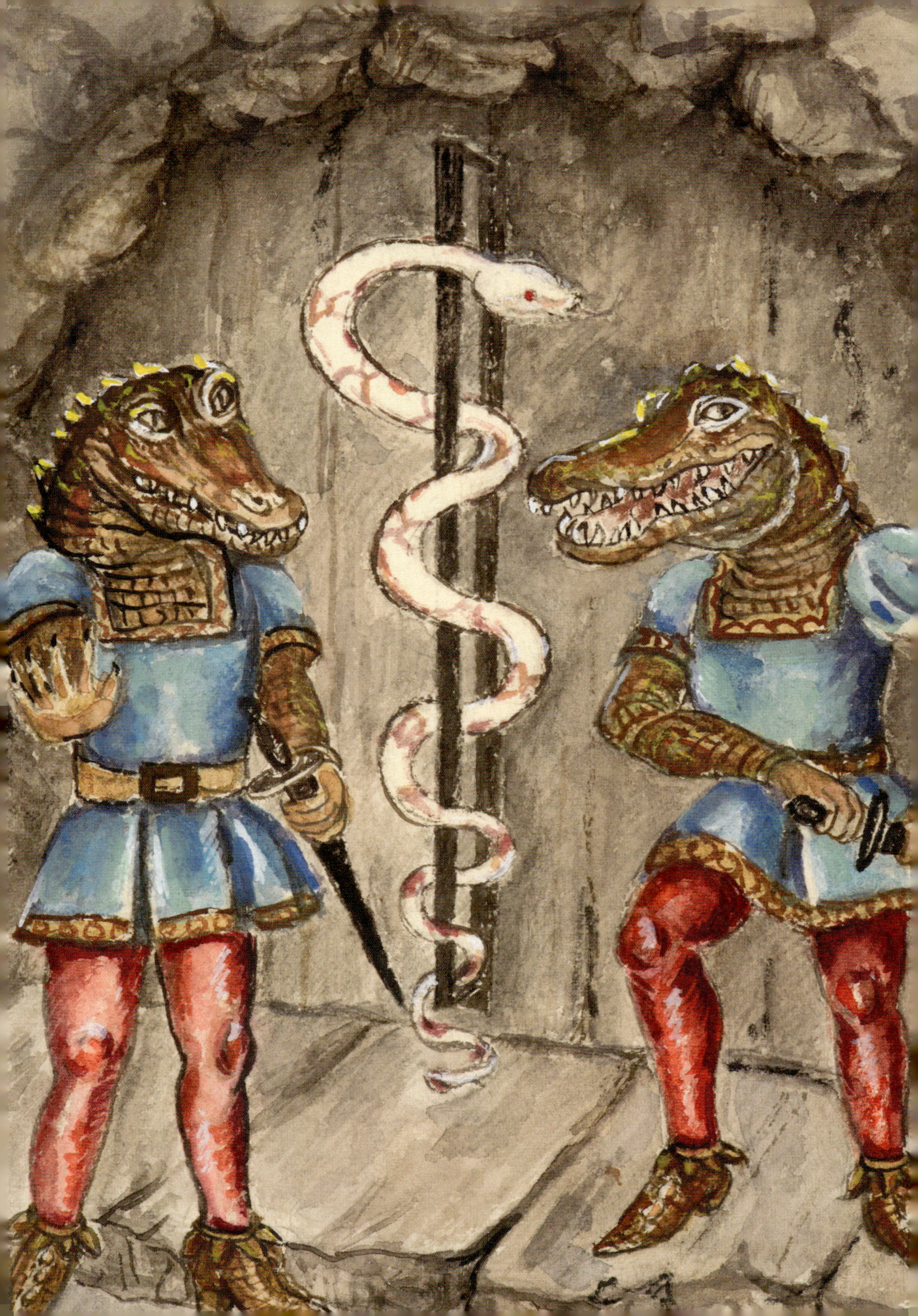

「わたくしがついていますから安心してください」

ズードル弁護士《べんごし》の後ろにぴったりとくっついて門を通ると、ワニの番兵《ばんぺい》たちが仙《せん》たちにむかってうやうやしくおじぎをしました。中に入ると、たくさんのホタルがちょうちんを持って近より、足元を明るくしてくれました。

「先生、動物裁判《どうぶつさいばん》って何なのですか」

「人間の裁判《さいばん》とは全然《ぜんぜん》ちがうものですよ。最後《さいご》に良《よ》いか悪いかを決定できるのは、動物でも人間でもないのです。自然《しぜん》なのです。生きもののすべては、自然《しぜん》のめぐみを受けて存在《そんざい》しているのですから。

裁判長《さいばんちょう》の自然《しぜん》さまは、いちばん奥《おく》の中心、すこし高いところにおすわりになります。頭には炎《ほのお》がもえているまきのかんむりをのせ、後光《ごこう》がさしていますからすぐわかります。万物《ばんぶつ》の元素《げんそ》である木、火、土、金、水の五行《ごぎょう》のお姿《すがた》です。そのまわりには春、夏、秋、冬の精霊《せいれい》たちが飛《と》び交《か》っていて、わたくしたちの話をぜんぶ聞いたあとに相談をして、自然裁判長《しぜんさいばんちょう》に意見を伝《つた》えるのです。

わたくしはここで仙《せん》さんが良《よ》い子ですという説明《せつめい》をします。しかし、わたり鳥のがん弁護士《べんごし》が、あなたが動物にいたずらをしたことをうったえるはずです」

「ぼく、悪い子だったらどうなるの」

「すべて自然裁判長《しぜんさいばんちょう》がお決めになります」

やがて岩かべにかこまれた大きな空間が見え、動物たちのざわめく声が聞こえてきました。仙《せん》が足をふみ入れたとたん、ざわめきはやみ、みんなの視線《しせん》を一身《いっしん》に受《う》けた仙《せん》は、一瞬《いっしゅん》立ち止まりました。

天井《てんじょう》にあいた穴《あな》から月の光がさしこみはじめ、一段《いちだん》高くなっている裁判長《さいばんちょう》の席《せき》のところだけを照《て》らしました。まわりの暗やみには、ねこや犬、ねずみ、牛など、仙《せん》の応援《おうえん》にかけつけたグラン・シャレの動物たちもすわっています。けれど、ズードル弁護士《べんごし》のあとを一歩一歩ついていくのにせいいっぱいの仙《せん》はすこしも気がつきませんでした。

裁判長席《さいばんちょうせき》から一段低《いちだんひく》いところにあるいすには仙《せん》がこしかけ、ズードル弁護士《べんごし》はすこしはなれた席《せき》につきました。石のいすは固《かた》くひんやりとしていましたが、木《こ》の葉《は》のざぶとんはふんわりと心地《ここち》よく、真っ赤なもみじの葉もしいてありました。急にあたりが明るくなり、「裁判長《さいばんちょう》のおなりです」とおごそかに告《つ》げる声が奥《おく》のほうから聞こえてきました。

法廷《ほうてい》じゅうの動物たちはみな立ち上がりました。

自然裁判長《しぜんさいばんちょう》は波《なみ》に乗ってお出ましになりました。前進するごとにザブーン、ザブーンと波《なみ》が音をたててゆれ動きます。左手には「土」と書かれた宝玉《ほうぎょく》を持たれ、その上にはふくろうがとまっています。裁判長《さいばんちょう》のまわりは金色にかがやいています。

裁判長《さいばんちょう》が右をふりむくと春と夏の精霊《せいれい》があらわれ、左をふりむくと秋と冬の精霊《せいれい》があらわれました。四人の精霊《せいれい》はそれぞれの季節《きせつ》をあらわす美しい衣《ころも》を身にまとっていました。春は花ふぶき、夏はいなずま、秋は瑞雲《ずいうん》、冬は雪なだれに乗っています。精霊《せいれい》たちは舞《ま》い飛《と》びながら、裁判長《さいばんちょう》のまわりをかこんでいました。

「裁判《さいばん》は、月の光が天井《てんじょう》の穴《あな》からさしこんでいる間だけ開かれます。岩穴《いわあな》を照《て》らす月光が消《き》える前に判決《はんけつ》をくだすのです。ですから〝月光即決《げっこうそっけつ》〟といいます」

裁判長《さいばんちょう》のお声は深く清《きよ》らかで、心の奥《おく》までしんしんとしみわたりました。月の光がいっそう強くさしこみ、岩穴全体《いわあなぜんたい》が昼間のように明るくなってきました。裁判長《さいばんちょう》が席《せき》につかれ、一同も着席《ちゃくせき》しました。

仙《せん》は一瞬《いっしゅん》、心配もこわさも忘《わす》れ、目の前にくりひろげられる不思議《ふしぎ》な美しさにひきこまれていました。そして観音《かんのん》さまのようなお顔の自然裁判長《しぜんさいばんちょう》を、「この方が、ぼくが良《よ》い子か悪い子か決めてくださるのだ」と必死《ひっし》の思いで見つめ

土

ました。

「開廷《かいてい》！」と、宝玉《ほうぎょく》の上のふくろうが宣言《せんげん》しました。

ズードル弁護士《べんごし》とわたり鳥のがん弁護士《べんごし》が一歩前に進み出て、自然裁判長《しぜんさいばんちょう》におじぎをしました。二人は握手《あくしゅ》をして、よろしくとあいさつを交《か》わしたあと、それぞれ自分の席《せき》にもどりました。

「それではがん弁護士《べんごし》、あなたのうったえから聞きましょう」

裁判長《さいばんちょう》ががんにむかって問いかけました。がんは立ち上がり、仙《せん》のおかした罪《つみ》について話をはじめました。

「ここにすわっている仙《せん》さんは、二年前の夏、学校帰りに友人たちと池のそばで遊んでいました。池にはかえるのたまごがありました。仙《せん》さんは学校の帰りにいつも池をのぞいていましたから、たまごがあることを知っていたはずです。それにもかかわらず、仙《せん》さんたちは池に入りこみ、たまごをめちゃめちゃ

にしてしまったのです。

あなたは動物にやさしいと評判《ひょうばん》のようですが、どうしてそんなことをしたのですか。この件《けん》については、二年前にも出頭願《しゅっとうねが》いの葉書をおくりましたが、あなたは読まずにすててしまいましたね」と、きびしい目を仙《せん》にむけました。

「証人《しょうにん》を用意しております。さあかえるさん、どうぞお話しください」

いっぴきのかえるが、証言台《しょうげんだい》に立ちました。

「そのたまごの母親はわたしの姉でした。とても陽気でやさしく、妹や弟たちの世話をするのが好《す》きな姉は、はじめての子どもが生まれるのを楽しみにしていました。でも、仙《せん》さんたちにたまごをめちゃめちゃにされてからは病気になり、池からいなくなってしまいました。今はどこでどうしているやら、まったくわかりません」

かえるはうつむいたまま静《しず》かに席《せき》にもどりました。

仙《せん》は二人の話を聞いて、しんじられない思いでした。池のそばで遊んでいたことはよく覚《おぼ》えています。たしかにボール遊びは毎日のようにしていました。池にあったかえるのたまご……ぼく、みんなとボールを追いかけることに夢《む》中《ちゅう》だったんだ……。悪いことをしてしまった……と、仙《せん》は悲しくなりました。立ち上がってあやまろうとすると、ズードル弁護士《べんごし》が仙《せん》をおしとどめていいました。

「裁判《さいばん》はまだまだつづきます。仙《せん》さんは最《さい》後《ご》にご自分の気持ちを伝《つた》えることができます。それまではすわっていてください」

ズードル弁護士《べんごし》が立ち上がり、弁護《べんご》をはじめようとすると、りんとした声がひびきました。

「すず風です。すこしご説明《せつめい》させていただきます」
金色の長いまき毛をゆらゆらさせ、いくえにも重《かさ》ねた、すきとおったうすみどり色の衣《ころも》をなびかせて、美しい女のひとがあらわれました。
「二年前の葉書は、わたくしが仙《せん》さんの机《つくえ》の上におきました。でもいたずら好《ず》きの秋風さんが、葉書を外にふき飛《と》ばして知らん顔をしていたのです。仙《せん》さんが読まなかったのはあたりまえです。わたくしはそのことをずっとあとで知りました。ごめんなさい、仙《せん》さん」

すず風はみどり色のひとみをくるくるさせて、仙《せん》を見つめました。少女のようにかれんなすず風に、仙《せん》は思わずみとれ、うわずった声で、「いいえ……どうぞ気にしないで……」と答えました。

ズードルがつづけて話します。

「すず風さん、ありがとうございます。二年前の仙《せん》さんはまだおさなく、自分のすることが、まわりにどのような影響《えいきょう》をあたえるかを深く考えられる年齢《ねんれい》ではありませんでした。決《けっ》してわざとしたのではなく、悪気《わるぎ》があったことでもありません。今はもうそのようなことはしませんからおゆるしください。

ここで仙《せん》さんがどんなにやさしい人間であるかを明らかにしてくれる証人《しょうにん》に発言してもらいましょう」

若《わか》いきつねが証言台《しょうげんだい》に出てきました。

「きつねです。一年前、背中《せなか》をいためてしまい、山の上の自分の家まで帰れなくなりました。人目につかないところで休もうと、グラン・シャレ近くのだれも住んでいない小屋の床下《ゆかした》にもぐりこんで夜を過《す》ごしました。

翌日《よくじつ》、水が飲みたくなり、無理《むり》をして起《お》き上がって外に出ました。そのとき仙《せん》さんが近くを通りかかってわたしに近づいてきたのですが、にげることもできず、たおれてしまったのです。

すると仙《せん》さんは、『どうしたの。どこか悪いんだね。おじいさまのアトリエのそばに、だれも住んでいないプティ・シャレという小屋があるから、そこに運んであげるよ』といって、わたしがもぐりこんでいたその小屋に、もう一度《いちど》わたしをだきかかえて運び、寝《ね》かせてくれました。そのうえ、水と食べものを毎日運んでくださったのです。

おかげさまで、わたしは山に帰る元気をとりもどしました。今は背中《せなか》のいた

みもすっかりとれて、次の天気雨の日に結婚《けっこん》することになっています。今日は婚約者《こんやくしゃ》も来ておりますので、いっしょにお礼を申し上げます」

暗がりから婚約者《こんやくしゃ》のきつねがあらわれ、なかよくそろって頭をさげました。

仙《せん》はこのきつねのことをよく覚《おぼ》えていて、なつかしさでいっぱいになりました。今は毛もふさふさとして、こんなに元気になって良《よ》かったなあと思いました。はじめての裁判《さいばん》に緊張《きんちょう》し、かえるの話に気を重くしていた仙《せん》は、すこしほっとしました。

がん弁護士《べんごし》がたいへんこまった顔をして出てきました。

「実は、あり族の方々からの告訴《こくそ》を次に予定していたのですが、証人《しょうにん》のありさんが事故《じこ》で来られなくなりました。あり塚《づか》に水をかけられてつぶされたという大惨事《だいさんじ》でしたけれど、この件《けん》はとりさげます」

ズードル弁護士《べんごし》がほっとした表情《ひょうじょう》でこたえます。

「わたくしのほうは、仙《せん》さんが風呂《ふろ》に落ちたクモを助けたという事実を用意し、証人《しょうにん》もよんでいますが、この弁護《べんご》はとりやめることとします」

がん弁護士《べんごし》がふたたび立ち上がり、もうひとつ、仙《せん》の行《おこな》いをうったえる説明《せつめい》をはじめました。

「まだあります。今年の夏のことです。仙《せん》さんはピクニックで山に行きました。途中《とちゅう》で、まだたくさん水の入っているビンをがけの上から落としました。ビンは急ながけをいきおいよくころがって、雨でぬれた土の上の石にぶつかり、かなりの数の落石《らくせき》が生じました。そのせいで、がけ下でひなたぼっこをしながら寝《ね》ていたしかの赤ちゃんの上に、たくさんの石と重いビンが落ちました。しかのお母さま、どうぞこちらにいらしてください」

しかのお母さんが証言台《しょうげんだい》にのぼり、ゆっくりと、悲しみをこらえたようすで話し出しました。

「わたくしがほんのすこしの間、子どものそばをはなれたときのことです。石の落ちる音と助けをもとめる泣《な》き声《ごえ》がしたので、あわててもどりましたところ、腰《こし》をいためた娘《むすめ》は起き上がることもできず、もがきながら泣《な》きわめいていたのです。腰《こし》を弱くするとうまく走ることができず、たえず危険《きけん》にさらされることになります。食べものをさがすにもたいへん苦労《くろう》していたのですが、ついこの間、大きな犬に追われ、がけから落ちて死んでしまいました」

仙《せん》は、しかの子どもを追いかけた犬はもしかしたらズードルなのではないかと、おそるおそるズードルを見ました。ズードルも仙《せん》の気持ちが伝《つた》わったのか、仙《せん》のほうをふりむいて、目で合図しながら首を横にふりました。

しかのお母さんは、さめざめと泣《な》きながらひきさがりました。

どうしてそんなことをしてしまったのだろう。仙《せん》はなさけなくなり、うつむいたまま、しかのお母さんに目をむけることもできないでいました。

ズードル弁護士《べんごし》が立ち上がって答弁《とうべん》を行《おこな》いました。

「仙《せん》さんは心から悪いことをしたとくやんでいます。ひとつだけ説明《せつめい》したいのは、あのビンはわざと落としたのではなく、仙《せん》さんがころんだひょうしに手からすべり落ちてしまったということです。仙《せん》さんにはふせぎようもなかった事故《じこ》です。わたくしがおともをしておりましたので、まちがいのないことを証明《しょうめい》します」

するとがん弁護士《べんごし》がすぐに立ち上がり、きつい口調《くちょう》で述《の》べました。

「それにしても仙《せん》さん、あなたがた人間はどうして自然《しぜん》にもどすことのできないビンやプラスチックの物をあちこちにすてるのですか。地球上《ちきゅうじょう》では人間がいちばんすぐれていると思っているようですが、なぜ空気や水、大地をけがすものをたくさん使わなければ生きてゆけないのですか。

わたくしたち動物にとって、天地は親なのです。そのめぐみを受けて大きく成長《せいちょう》するのですから。動物も植物も、みな兄弟姉妹《きょうだいしまい》なのです。みんなが助けあって天地のめぐみのもとに生きているのに、どうして家族をきずつけることができるのでしょう。わたくしたちにはあなたがたの気持ちがよくわかりません」

そのとき、「そうだ、そうだ」というううなり声が会場をうめつくしました。興奮《こうふん》した動物たちは、立ち上がったり足をふみならしはじめました。

ライオンはベンチの上にとび乗り、いげんのある声でほえました。

「いちばんおえらい人間さまよ。あんたがたは自分たちに都合《つごう》の良《よ》いものを良《よ》しとし、おのれの利益《りえき》のためだけに使い、いらないものは悪いものと決めつけて平気で抹殺《まっさつ》する。われらにとって迷惑千万《めいわくせんばん》!」

わあーっという怒《いか》り声とともに、ライオンに賛同《さんどう》するげんこつがあちこちに上がり、法廷《ほうてい》の中はいっそう騒《さわ》がしくなりました。

仙《せん》の耳には、抗議《こうぎ》する動物たちの怒《いか》り声がいっせいに入ってきて、頭がガン

ガンしてわれそうでした。頭をかかえて目をつぶると、不思議《ふしぎ》なことに動物たちのうったえる声が、べつべつにはっきりと聞こえてくるのです。

北極《ほっきょく》グマは「住むところが溶《と》けてきているんです」とさけび、パンダは「わたしたちの食物の笹《ささ》が少なくなってきているの」、イルカは「水をよごさないで、ぼくたちをむやみに殺《ころ》さないで」、サイは「どうしておれたちのツノをとりたがるのだね」と抗議《こうぎ》しています。イヌワシは「われわれはもう絶滅《ぜつめつ》しかかっています」と嘆《なげ》き、サルは「危険《きけん》な原子炉《げんしろ》はやめてください！　自然《しぜん》も、人間も動物も、みな死んでしまうよ……」と、くりかえしさけんでいます。

ぼくはこのなかでたった一人の人間なんだ。だから、みんなぼくが悪いことをしていると思っているんだ……。どうしたらよいのだろうと、うなり声のひびきわたるなかで、仙《せん》はつらくいたたまれない気持ちにおそわれました。

一番前の席《せき》にいたグラン・シャレの犬のバルビデュルは「わたしには聞くに

たえない悲しいことだ」と耳にふたをしてしまい、猫《ねこ》のミツは「瞑想《めいそう》あるのみ」と、座禅《ざぜん》をくみました。

野牛が直訴《じきそ》しようと最前列《さいぜんれつ》に進み出ると、ほかの動物もそれにつづいて列《れつ》をつくりはじめました。小さな動物たちは早くにげ出そうと、岩穴《いわあな》の中を右往左往《うおうさ おう》しています。

ズードル弁護士《べんごし》とがん弁護士《べんごし》が、「みなさん、席《せき》にもどってください」と何度さけんでも何の効果《こうか》もなく、場内はごったがえしになりました。

そのときです。

「ひとこと申し上げます」

すず風がみなの間をふきぬけるようにあらわれ、自然裁判長《しぜんさいばんちょう》の前にひざまずきました。しかし、その声は動物たちのさけび声にかき消され、だれにも聞きとれません。

とつぜん自然裁判長《しぜんさいばんちょう》は立ち上がり、頭上の炎《ほのお》を、岩穴《いわあな》の口からふき出るほど高くもえあがらせました。炎《ほのお》は火山の爆発《ばくはつ》するような音をたててもえたちました。足下のさざ波はごうごうと鳴りひびく大波に変《か》わり、その波の上から、「静《しず》まりなさい」と、りんとしたお声がひびきました。

噴火《ふんか》の爆音《ばくおん》と波のうねりの大きさにおそれおののいていた動物たちは、そのひとことで、それぞれ自分の席《せき》にすみやかにもどりました。

今までの混乱《こんらん》がうそのように、法廷《ほうてい》はしーんとなりました。裁判長《さいばんちょう》も元の姿《すがた》にもどられ、席《せき》につかれて、みんなに話しかけました。

「みなさん、今日は遠くから来てくれて、ごくろうでした。ありがたく思います。みなの怒《いか》りの気持ちは、命《いのち》あるすべてのものをいとおしく思う私《わたくし》の心によく伝《つた》わりました。

しかし、万物《ばんぶつ》が絶《た》えず変化《へんか》していくのがこの世の定《さだ》めであり、今という時はふたたびはもどらないのです。そして私《わたくし》たちは、深いご縁《えん》があり、この場所にこうして集まり、共《とも》に過《す》ごしているのです。この今の時を大切に生きるのが、みなに課《か》せられた奉事《つとめ》なのです。

みなは愛《あい》することがどういうことなのかは、よくわかりますね。ゆるすことも大きな愛《あい》なのです。愛《あい》のなかに、ゆるす心を目覚《めざ》めさせてください」

そのとき、月の光が急に弱くなってきました。四人の精霊《せいれい》が裁判長《さいばんちょう》のそばに走りより、相談をはじめました。裁判長《さいばんちょう》はしばらく空を見上げてから、みんなにむかって述《の》べました。

「大きな雲が出てきたので、満月《まんげつ》がかくれてしまうようです。今夜はもうすぐ裁判《さいばん》を終えなければなりません。その前に、さあ、すず風よ、こちらに」

すこしはなれたところにひかえていたすず風は、ふたたび自然裁判長《しぜんさいばんちょう》の前にひざまずいて話しはじめました。

「これまでわたくしの書いた葉書をどなたが読んでくださったでしょう。毎年毎年、いろいろな人間におくっていますが、すこしも気づかれず読んでもらえないのです。ただの葉っぱとしてすてられてしまうだけなのです。この前に行《おこな》われた動物裁判《どうぶつさいばん》は、もうずいぶん昔のことでした。百年くらい前になるでしょうか。最近《さいきん》ではこの仙《せん》さんだけです、読んでくださったのは。自然《しぜん》がおくる心を受けとめてくれる人間、そういう人間が存在《そんざい》することは、わたくしたちにとってとても大切なことだと思うのです」

自然裁判長《しぜんさいばんちょう》はうなずきながら仙《せん》のほうをむき、声をかけました。

「これでうったえをきくのは終わりにします。仙《せん》さん、あなたに判決《はんけつ》をいいわたす前に、何かいっておきたいことはありますか」

仙《せん》は緊張《きんちょう》しながらも、ぜひ伝《つた》えなければという強い気持ちにささえられ、証言台《しょうげんだい》に進み出ました。まわりを見回すと、仙《せん》をじっと見守りながらおいのり

をしているグラン・シャレの動物たちの姿《すがた》が目に入りました。勇気《ゆうき》づけられた仙《せん》は、気持ちを落ちつかせ、しっかりとした声で話しはじめました。

「ぼくは今まで、動物たちはみな友だちだと思ってきました。人間はいろいろなものをつくることができるけれど、ぼくはいばった気持ちで動物に接《せっ》したことはありません。きずつけようなんていう気持ちは、まったく持っていませんでした。

でも、知らないうちにまわりの生きものをきずつけていたことを、ぼくは今《こん》晩《ばん》ここで知りました。知らないうちに自然《しぜん》をよごしていたことにも気がつきました。よく考えないで行動し、悪いことをしていたのです。本当にごめんなさい。これからはぼくひとりだけでも、自然《しぜん》や生きものを大切にします。そして、そんな人がたくさんふえるように友だちにも伝《つた》えます。

かえるさん、しかさんには心からあやまります。ごめんなさい」

仙《せん》の目になみだがあふれてきました。かえるもしかも泣《な》いていました。

いよいよ月光即決《げっこうそっけつ》の時がきました。

裁判長《さいばんちょう》が立ち上がり、ふくろうが「判決《はんけつ》！」ときびしい声で告《つ》げました。

法廷《ほうてい》はしーんと静《しず》まりかえり、異様《いよう》な熱気《ねっき》につつまれました。

「仙《せん》さんは、無罪《むざい》です」

裁判長《さいばんちょう》の高らかな判決《はんけつ》を耳にして、仙《せん》はふっと全身の力がぬけ、幸せな気持ちがわきあがってきました。仙《せん》は立ち上がり、みんなにむかって、「あり

がとうございます」と、深くていねいにおじぎをしました。

ウワーッという歓声《かんせい》があがり、動物たちの拍手《はくしゅ》が聞こえました。グラン・シャレからきた動物たちはおどりあがって手をたたいています。

自然裁判長《しぜんさいばんちょう》はやさしくほほえんでいらっしゃるように見えました。四人の精《せい》霊《れい》が、仙《せん》のまわりに集まってきました。

春は高らかに賛歌《さんか》を歌いながらさくらの花びらをまき散《ち》らし、夏はたいこを大地の息吹《いぶき》のように力強く打《う》ち鳴らし、いなずま花火を打《う》ち上げました。瑞雲《ずいうん》の上にいる秋は舞《ま》いながらおうぎをふって、くれないのもみじ葉をあたり一面に散《ち》らせました。冬は雪の花を降《ふ》らせながら、つららの袖《そで》をトナカイのソリのすずのように鳴らして、おいわいとよろこびの心をあらわしました。

感激《かんげき》している仙《せん》のほほに、すず風が接吻《せっぷん》しました。仙《せん》もすこしはにかみながら、すきとおってなめらかなすず風のほほに接吻《せっぷん》をかえしました。仙《せん》は顔が赤くほてって、ぼーっとなりました。

仙《せん》の目はうるんでいました。ズードル弁護士《べんごし》と仙《せん》は、長い間しっかりとだきあいました。無言《むごん》のうちにズードル弁護士《べんごし》のよろこびが体じゅうに伝《つた》わってきます。

グラン・シャレの動物たちもみな、仙《せん》のまわりに集まってきました。いつも台所に来る小ネズミも参加《さんか》しており、村の代表として牛も来ていました。

カササギが光るふくろを持って仙《せん》に近づいてきました。

「実はわたしの親戚《しんせき》が、グラン・シャレの庭の松《まつ》の木に住んでおります。仙《せん》さんのおうわさはよく聞いていましたので、今回お目にかかれるのを楽しみにしていました。秋の精霊《せいれい》にお助けいただき、仙《せん》さんのために三つの星をさがしもとめましたので、さしあげたいと思います」

瑞雲《ずいうん》の履《は》きものをしずしずとすべらせ、二人のそばにやってきた秋の精霊《せいれい》は、

「どうぞお持ち帰りください」と、ふえの調べのように澄《す》んだ声でいいました。仙《せん》がすきとおったふくろを手にとると、中できらめいている三つの星がよく見えました。

「決してふくろは開けないでください。このままにしておいてくださいね」

と、カササギはいいそえました。

「はい。すばらしいおくりもの、ありがとうございます」

そのとき、ふくろうが告《つ》げました。

「これから舞踏会《ぶとうかい》が開かれます。どうぞみなさまご自由においでください。この岩穴《いわあな》を出て、山道をのぼりきったところにある野原が舞踏会場《ぶとうかいじょう》です」

外に出ると、お月さまがふたたび雲から顔を出し、あたり一面を明るく照《て》らしています。野原ではたくさんの動物たちがそれぞれに輪《わ》をつくっておどりはじめました。グラン・シャレの動物たちもたのしそうにおどっています。

仙《せん》はワニやトラとも手をつなぎました。音楽はいろいろな動物が代《か》わる代《が》わる演奏《えんそう》していました。

仙《せん》がカナリアの歌に聞きいっていると、「仙《せん》さん、空中でおどりませんか」と、美しいすず風が仙《せん》のそばに来てさそいの言葉《ことば》をかけました。

仙《せん》はすぐに、「はーい」と返事《へんじ》をし、ポケットにしまってあった羽を手足にとりつけました。

すず風は仙《せん》の手をとり、すっと空にみちびきました。空には四人の精霊《せいれい》や、ちょうちょ、とんぼ、鳥たちが飛《と》び交《か》っていました。仙《せん》はすず風と手をとりあい、高く上がったり低《ひく》く飛《と》んだり、くるくる回ったりしました。

風にのっておどる夢《ゆめ》のようなこの時が、いつまでもつづいたらいいのに……と仙《せん》は思いました。そして、いつまでも覚《おぼ》えておこうと、心にちかったのでした。

おどりつかれたころ、ふくろうがあちらこちらに飛《と》びまわってみんなに告《つ》げました。

「みなさま、そろそろ、あけの明星《みょうじょう》があらわれます。遠いところからいらした方はすぐにお帰りの準備《じゅんび》をなさってください」

するとズードルが仙《せん》のところへやってきました。

「仙《せん》さん、わたくしがおあずかりしていた星のふくろをお持ちください。わたくしたちはいちばん遠くから来ていますから、最初《さいしょ》のペガサスに乗って帰ることになっています。帰りはひとりで行ってくださいね。ペガサスが道を知っているので心配ありません。わたくしはグラン・シャレのみんなを連《つ》れて、ペガサス馬車に乗ります」

仙《せん》はおわかれのごあいさつをしようと自然裁判長《しぜんさいばんちょう》をさがしました。裁判長《さいばんちょう》は大きな石の台にすわって、みんなのようすをごらんになっていました。

「裁判長《さいばんちょう》の自然《しぜん》さま、とてもすばらしい、楽しい夜でした。ありがとうございました」

「来てくれてありがとう。いつまでも今の心を大切にして大きくなるのですよ」

仙《せん》はおみやげの星のふくろをしっかりとにぎり、ペガサスのほうへむかいました。すず風さんにもさようならをいわなければ……。そう思ったときにはもう、すず風が目の前に立っていました。

「ペガサスの待っているところまでいっしょに坂道をくだりましょう」と、すず風がさそい、二人はならんで歩きはじめました。

いっしょにおどった後なので、すこし大胆《だいたん》になった仙《せん》はたずねました。

「ぼくはすず風さんにお手紙を出したいのです。どうしたらよいですか」

「どうもありがとう。わたくしは同じ場所にいることがないのよ。世界中をまわっているの。でもわたくしのことを強く念《おも》ってくだされば、いつでもどこでも仙《せん》さんを感じることができるわ。そのときはわたくしも仙《せん》さんのことを深く念《おも》います」

「では、ぼくが念《おも》えば、それで通じあえるのですか」

「ええ、もちろんそうよ」

「でもお会いできないのですか」仙《せん》は思いきってたずねました。

「たましいをふれあうことが会うことなの。それは永遠《えいえん》に結ばれることなの……」と、すず風がこたえました。

仙《せん》は、やっぱり自然《しぜん》ってすごいなあ、偉大《いだい》なんだなあと思いました。ペガサスの待っているところまで、できるだけゆっくり歩いた仙《せん》は、すず風とわかれるとき、「さようなら」という言葉をどうしても口に出せませんでした。

仙《せん》がペガサスに乗るときに、すず風が言いました。

「日本にある美しい歌を知っている？　ゆく汝《なれ》と　止《と》まるわれとに　秋二つ」

そして、ずっと手をふりつづけていました。

帰りは雲が多く、深い霧《きり》のなかを飛《と》びつづけたので、ペガサスはすこし道にまよったようでした。いったん着陸《ちゃくりく》してようすをみようと降《お》りはじめました。ところが、地面に足をおろした瞬間《しゅんかん》、ペガサスはツルリと足をすべらせました。そこは氷河《ひょうが》の上だったのです。

仙《せん》は馬《うま》の背《せ》からまっさかさまにすべり落ちました。そのとき星のふくろは仙《せん》の手からはなれ、氷山にぶつかってやぶれました。三つの星は外に飛《と》び出てしまったのです。

すぐに起き上がった仙《せん》は、星を追いかけましたけれど、もう手の届《とど》かないと

ころへいってしまいました。追いかける仙《せん》のひとみに、星の光をのこして……。

「おけがはありませんか。さあ、お乗りください。今は霧《きり》も晴れ、もうすぐ朝日のおでましです。日がのぼるとわたしの飛《と》ぶ力はずっと弱くなりますが、グラン・シャレはすぐそばですので、なんとか間にあいます」

ペガサスにせかされながら、仙《せん》はせめてふくろだけでもと思い、必死《ひっし》でさがしました。白い雪のなかで、白くすきとおるふくろさがし……けれど、どこにも見あたりません。残念《ざんねん》に思いながら、仙《せん》はふたたびペガサスの上の人となりました。

うすもも色にそまる朝やけ雲をさっと通りぬけると、もうグラン・シャレの前です。仙《せん》はペガサスの首にだきついてわかれをおしみました。あけぼのの空にむかって、ペガサスの姿《すがた》はやがてすきとおり、すうっと消えてゆきました。

玄関《げんかん》に入って家のようすをうかがうと、中はひっそりとして、みんなはまだ眠《ねむ》っているようでした。ズードルたちがまだ帰っていないのが気がかりでしたけれど、仙《せん》は自分の部屋《へや》に入るとまぶたをあけていられないほど眠《ねむ》たくなり、着がえる間ももどかしくベッドにもぐりこみました。

そのとき、門のあたりから犬の鳴き声が聞こえました。ああ、みんな着いたんだなと安心したとたん、仙《せん》は深い眠《ねむ》りに落ちていきました。

次の朝、お昼近くになって、お母さまが仙《せん》の部屋《へや》に入ってきました。

「そろそろ起きなさい——もうすぐ十二時ですよ。何度か見にきたけれど、ほんとうにぐっすり寝《ね》ていたわね。夜よく眠《ねむ》れなかったのかと思って、そのままにしておいたけれど……」と、カーテンをひきあけました。

仙《せん》が目をあけると、秋の澄《す》みわたった空に、太陽がまぶしくかがやいていました。

「お母さま、おはようございます。あのね、きのうの夜、動物裁判《どうぶつさいばん》に行ってきたんだよ」仙《せん》は興奮《こうふん》した顔で話しはじめました。

「まあ、いい夢《ゆめ》を見たのね」

「ちがう、本当に行ったんだよ」

「そうなの。みんなにも話してね。さあ起きないと、もうすぐお昼ごはんよ」

仙《せん》は起き上がり、着がえて食堂《しょくどう》に行きました。そしてみんなにくわしく動物《どうぶつ》裁判《さいばん》の話をしました。

おばあさまは、「大人になるともう見えなくなってしまう不思議《ふしぎ》なことが、子どもの世界には本当に起こるものなのね……」と、なつかしそうにつぶやきました。

それから仙《せん》は、夜空をよくながめるようになりました。小さな小さなお星さまが光っているのをみつけると、あれはきっとぼくがいただいたお星さまなのだと思うのでした。
仙《せん》のひとみに光るのは、お星さまの忘《わす》れ形見《がたみ》。そのことを仙《せん》は知らないのですけれど……。

そして仙《せん》は今でもすず風に、念《おも》い文《ぶみ》を送りつづけているのです。

あとがきにかえて

〝動物裁判《どうぶつさいばん》〟の発想の源《みなもと》は、バルテュスの見た夢《ゆめ》です。蚯蚓《みみず》、蠅《はえ》、蛇《へび》それぞれがバルテュスに対して訴訟《そしょう》を起こします。彼《かれ》の弁護士《べんごし》は、パリの料理店《りょうりてん》〝地中海〟のためにバルテュスが描《えが》いた絵のモデル〝伊勢海老《いせえび》〟。夢《ゆめ》にありがちな断片的《だんぺんてき》なイメージがつづく短い話でした。人間に対して、蠅《はえ》や蚯蚓《みみず》にも言い分があるというところが、いかにもバルテュスらしく、すべてに対し自由で独想的《どくそうてき》だった彼《かれ》の見解《けんかい》を見事に反映《はんえい》していました。

静山社《せいざんしゃ》の松岡佑子《まつおかゆうこ》女史から絵物語創作《そうさく》のご依頼《いらい》がありましたとき、すぐお受けできたのは、実はこの夢《ゆめ》の話があったからなのです。バルテュスの存命中《ぞんめいちゅう》、この夢《ゆめ》の話を私《わたくし》なりに展開《てんかい》させて物語を書こうと思い立ち、フランス語でしたためた帳面がグラン・シャレのどこかにあるはずです。ちょうどそのころ、バルテュスのアトリエで赤と黒の絵の具のチューブが噛《か》み切られ、中身がかじられているのが見つかりました。日ごとにそのチューブ二個《こ》のみが、ギザギザの歯形《はがた》をのこしながら色が少なくなってゆくのです。スタンダールを愛読しているネズミの仕業《しわざ》に違《ちが》いない……と、そのネズミを物語に登場させたのを思い出し、帳面を懸命《けんめい》に探しました。それでもいまだに見つかりません。『動物裁判《どうぶつさいばん》』に出てくるネズミはグラン・シャレのネズミです。ある真夜中、お夜食をつまみに台所に入った娘《むすめ》の春美《はるみ》が、流しの下にある戸を開けると、そこにあるごみ箱の中で愛《あい》くるしい目をキョロキョロさせ、娘《むすめ》を見ながら逃《に》げもしないで食べつづけている一匹《ぴき》のネズミがいました。それ以後、このネズミはみなにかわいがられ、丸々と太っています。お台所のすみに犬が二匹寝《ひきね》ていますが、猫《ねこ》は来ない場所なので、安心しきっているのでしょう。

この物語の主人公、仙《せん》は、今年の六月で四歳《さい》になる初孫《はつまご》です。いつも「おはなしして」とねだられるのですが、「ねえ、おばあさま、おはなしのおはなしして」といえば、それは『動物裁判《どうぶつさいばん》』のことです。熱心に聞いている仙《せん》の表情《ひょうじょう》を観察《かんさつ》するのがおもしろく、その反応からいろいろ学びます。ペガサスの場面で、「ぼく、本当にペガサスに乗れるの？」というセリフがありますが、「本当」という言葉を加《くわ》えたのは、仙《せん》の表情《ひょうじょう》を見ながら話しているとき、つい口からその言葉が出たからです。

挿絵《さしえ》のうち、馬の出てくるすべての場面は、春美《はるみ》の手をかりました。小さい時から乗馬が好きで、今でもよく馬の絵を描《か》きます。私《わたくし》が馬の素描《そびょう》をはじめているとき、横から「脚《あし》をそんなふうに上げるのなら、おしりの筋肉《きんにく》の盛《も》り上がりは間違《まちが》っているわ」とか「その目は馬の目でなくて人間の目よ。ジェリコの馬の絵を少しコピーしないとだめよ」と次々《つぎつぎ》厳《きび》しい批判《ひはん》が飛んでくるのです。ついに私《わたくし》は、大専門家《だいせんもんか》の春美《はるみ》に依頼《いらい》することにしました。「春美《はるみ》、馬の素描《そびょう》してくださる」。彼女《かのじょ》は待っていましたとばかり「おまかせください」とのお返事。でも多忙《たぼう》な専門家《せんもんか》、約束日《やくそくび》までにはなかなか仕上がらず、私《わたくし》はつつましく待つのみでした。彼女《かのじょ》の馬の描写《びょうしゃ》はさすがにしっかりしていて、大きな助けとなりました。それを土台にして彩色《さいしょく》をし、人物や風景《ふうけい》を加《くわ》え、仕上げることができたのですから。

随筆執筆《ずいひつしっぴつ》の経験《けいけん》しかない私《わたくし》にとりまして、絵物語創作《そうさく》ははじめての試《こころ》みでした。話を自由に生み出すということがどのように素晴《すば》らしいことであるか……新鮮《しんせん》なよろこびに満《み》ちあふれた一年間を過《す》ごしました。

まず物語の構成《こうせい》を定め、挿絵《さしえ》に移《うつ》りました。構図《こうず》や状況描写《じょうきょうびょうしゃ》を手がけるうちに、物語の新たな構想《こうそう》が生まれ、本文の筋《すじ》を書き直したり、話の細部を変化《へんか》させたりすることもたびたびでした。ですから、文と絵のインスピレーションの和で生まれた絵物語と申せます。最終原稿《さいしゅうげんこう》仕上げ前の数カ月間は、この本と共《とも》に生きました。目覚《めざ》めてすぐから夜の眠《ねむ》りにつく前まで、私《わたくし》の想《おも》いに絶《た》えず寄《よ》りそい、情熱《じょうねつ》のすべてをささげて愛《あい》した恋《こい》人《びと》のような存在《そんざい》でした。

一度できあがると、それは恋人《こいびと》に別《わか》れを告《つ》げる空《むな》しさというより、独立《どくりつ》して旅立つ子どもを見守る気持ちに変化《へんか》しました。子どもにはその子ども自身の人生があるのだから、自由に羽ばたいておくれ……と。

最後《さいご》に、私《わたくし》のわがままな仕事の運びを辛抱強《しんぼうづよ》く見守ってくださった植村志保理《うえむらしほり》さんに御礼《おれい》申し上げます。

二〇一二年二月二十九日　バルテュスの誕生日《たんじょうび》に

節子くろそふすかどろうら

用語について

*箱庭《はこにわ》……箱《はこ》の中に土や砂《すな》を入れ、小さな草木や石、模型《もけい》の家・橋などを配して、庭園・山水などに模《も》したもの。

*番兵《ばんぺい》……見張《みは》りをする兵士《へいし》。

*五行《ごぎょう》……中国の古代思想で、元来《がんらい》は、日常生活に欠《か》かせない五つの物質《ぶっしつ》、またはそのはたらきのこと。陰陽道《おんようどう》では運勢判断《うんせいはんだん》に用いる。

*精霊《せいれい》……草木、動物、無生物などいろいろなものに宿るとされる超自然的《ちょうしぜんてき》なたましい、存在《そんざい》。

*瑞雲《ずいうん》……めでたいことのしるしとして、あらわれる雲。

*月光即決《げっこうそっけつ》……動物裁判《どうぶつさいばん》において、岩穴《いわあな》を照《て》らす月の光が消えるまえに判決《はんけつ》をくだすこと。

*天気雨……日が照《て》っているのに小雨《こさめ》が降《ふ》ること。天気雨の日に「きつねの嫁入《よめい》り」があるといわれている。

*瞑想《めいそう》……目を閉《と》じて雑念《ざつねん》をはらい、静《しず》かに考えをめぐらすこと。

*「ゆく汝《なれ》と　止《と》まるわれとに　秋二つ」……本句《ほんく》は正岡子規《まさおかしき》の「行《ゆ》く我《われ》に　とどまる汝《なれ》に　秋二つ」。

*忘《わす》れ形見《がたみ》……忘れないために、のこしておく記念《きねん》の品。

作者よりひとこと

日本では〝風〟は万物《ばんぶつ》をつくる五大要素《ようそ》のひとつです。聖《せい》ヨハネ伝福音書《でんふくいんしょ》の中にあるイエスの言葉では、「風は己《おのれ》が好《この》むところに吹《ふ》く、汝《なんじ》その声を聞けども、何処《いずこ》より来たり、何処《いずこ》へ往《ゆ》くを知らず。すべて霊《れい》によりて生きる者もかくのごとし」と表現《ひょうげん》されています。私《わたくし》のすず風は、空《くう》のささやきを伝える乙女《おとめ》です。

すず風が「会う」ことについて語る場面がありますが、今日常《こんにちつね》に使用されている〝出会い〟の〝会う〟のみでなく、むしろ事物《じぶつ》が相寄《あいよ》ってひとつになる、たがいに調和《ちょうわ》するという意味で使用しました。

動《どう》物《ぶつ》裁《さい》判《ばん》の舞《ぶ》台《たい》裏《うら》

——スイスのロシニエールに暮《く》らして

庭の赤いバラ

愛犬《あいけん》のズードル（左）と
バルビデュルとの散歩《さんぽ》

写真４点は ©山下郁夫

アトリエにて　©ヨシコ・クサノ

グラン・シャレ外観《がいかん》

愛猫《あいびょう》のミツ

節子・クロソフスカ・ド・ローラ
（せつこ・くろそふすか・ど・ろーら）

東京生まれ。一九六二年、上智大学フランス語科在学中に画家バルテュスと出会う。一九六七年、結婚。ローマのアカデミー・ド・フランス館長職にあったバルテュスを支え、退任の七七年までをローマの公邸メディチ館に暮らす。七十年代より自らも画家として活動を始め、欧米で個展を開催。二〇〇一年にバルテュス没、翌年、バルテュス財団発足とともに名誉会長に就任。二〇〇五年、ユネスコ「平和のアーティスト」の称号を授与される。同年から二〇〇六年にかけて「節子の暮らし展　和の心」開催。随筆家としても活躍。著書に『「和」をつくる美』（祥伝社）、『グラン・シャレ　夢の刻』（世界文化社）、『きものを纏う美』（扶桑社）、『ド・ローラ節子の和ごころのおもてなし』（新潮社）などがある。スイス在住。

動物裁判　――節子の絵物語――

二〇一二年三月八日　初版第一刷発行

作・絵　節子・クロソフスカ・ド・ローラ
発行者　松浦一浩
編集　植村志保理
装丁　橋元浩明（sowhat.Inc）
発行所　株式会社　静山社
〒一〇二-〇〇七三　東京都千代田区九段北一-一五-一五
電話　〇三-五二一〇-七二二一
印刷・製本所　凸版印刷株式会社

Printed in Japan　ISBN 978-4-86389-155-5　NDC913　80P